ENTENDONS-NOUS.

OUVRAGE POSTHUME

DE M.

GOBBE-MOUCHE.

AUX BOULEVARDS.

ENTENDONS-NOUS.

I.

TOUT dans la société dépend
de bien s'entendre.

I I.

DANS le cours de la vie, on ne
doit espérer aucune réussite, si
l'on ne s'entend.

I I I.

UN Auteur ne doit souvent le
succès de ses ouvrages, qu'au Spectateur qui entend ce que l'Auteur n'entendoit pas lui-même.

I V.

CERTAINES gens ne doivent une

A ij

réputation éclatante , qu'au Public divifé qui refufe de s'entendre. Si les deux partis s'expliquoient , bientôt cette réputation fe diffipe- roit en fumée.

V.

Nos Tragiques ne réuffiffent au- jourd'hui , que parce que les Ac- teurs les entendent plus facilement que nos anciens.

V I.

Le Spectateur n'entend plus, il fe contente de voir. Le Lecteur recueilli juge & méprife les nou- velles productions.

V I I.

Il eft des Journaliftes qui s'ef- forcent de donner une grande idée des ouvrages du jour ; parce qu'ils ont entendu des sons flatteurs qui ont frappé le timbre de leur avare sensibilité.

VIII.

UN nouveau Diogène, un Cynique, dupe de sa doctrine, fait entendre qu'il veut réformer le genre humain, détruire les préjugés, abolir les abus, rendre l'homme vraiment homme. Il établit sa thèse, la dispute avec chaleur, fait briller dans ses discours l'esprit aux dépens du cœur. Qu'en résulte-t-il ? Rien, sinon que ce prétendu Philosophe vient à bout de faire entendre, que l'homme dépouillé des préjugés qu'il croit utiles à l'harmonie de la société, doit nécessairement retomber dans la claffe des brutes , qu'il n'aura plus rien de diftinctif des autres animaux que *de marcher fur deux pattes* : condition peu différente de celle des Singes , qui ont , à quelque chofe près, le même privilége.

I X.

CHACUN jaloux de fon mérite cherche à faire entendre dans les cercles qu'il parcourt , qu'il vaut quelque chofe. On l'écoute, on le croit, on l'applaudit, Le tout fans s'entendre.

X.

UN Muficien jaloux de la réputation de fon compétiteur , fait entendre que fon rival eft caffé, fujet à mille infirmités , que fon efprit baiffe chaque jour , qu'il a tant fait de chofes, que fon génie eft épuifé. C'eft faire un éloge bien naturel, fans s'entendre.

X I.

Si les femmes pouvoient s'entendre, les hommes feroient toujours foumis à leurs volontés.

X I I.

Un Orateur raffemble avec foin nombre d'Auditeurs. Il ne parle point, il crie, & vient humblement quêter des applaudiffemens. Son Auditoire étonné le félicite des fons qu'il a entendus, fans pouvoir rendre raifon des chofes.

X I I I.

Un Poëte, il en eft tant, arrive dans une Société. Il fait entendre

qu'il va lire du merveilleux. Chacun s'empreſſe de lui prêter une
oreille attentive. Il lit : les diſtrac-
tions, les baillemens lui font entendre qu'il ennuye.

X I V.

UN Nouvelliſte ſe fait entendre
de loin , il arrive preſqu'eſſouﬄé,
débite avec feu ſa Nouvelle. La
foule qui l'environne, l'écoute avec
avidité. L'hiſtoire ﬁnie , chacun
par une prompte retraite lui fait
entendre qu'il maſque la vérité.

X V.

LE ﬂéau des honnêtes gens &
de tous nos bons Auteurs déclame
avec force contre le bon goût.
Ses Auditeurs lui font entendre,
qu'il a d'autant plus de raiſon ,
qu'il

qu'il ne s'est jamais rencontré dans
ses ouvrages.

X V I.

UN suppôt d'Hipocrate , abjure
sa doctrine , pour suivre les éten-
darts de Plutus : il fait entendre ,
que c'est par délicatesse de con-
science. Ses confreres choqués de
son procédé , lui font entendre ,
que c'est faute de sçavoir.

X V I I.

UN Tragique dont les œuvres
ont fait une chute dangereuse ,
dit tout haut, qu'il ne trouve
point de plaisir plus flatteur, que
de relire ses ouvrages. Quelqu'un
ne pourroit-il point avoir assez de
charité pour lui faire entendre ,
qu'il est aussi le seul qui puisse les lire.

X V I I I.

Un Ecrivain fait entendre, qu'il ne travaille que pour la gloire. Les Billets de ſon Libraire font entendre, qu'il y a un peu d'interêt mêlé dans ſon amour.

X I X.

Un Gentil-homme fait entendre à tous ceux qu'il rencontre, que perſonne n'eſt plus généreux que lui ; il s'accuſe même de prodigalité : ſa garderobe, ſes procès & ſes gens font entendre qu'il n'eut jamais cette qualité.

X X.

Un Avocat s'annonce dans le monde pour être le protecteur de la veuve & de l'orphelin ; il fait

entendre à ſes parties , qu'il n'a
d'autre but que l'honneur, qu'il
ne plaide point en mercenaire. Un
ſac dont l'étiquette n'eſt pas frap-
pée au coin du Prince , ſemble l'a-
voir rendu muet.

X X I.

UN Protecteur fait entendre à
ſes protégés, qu'il n'a rien de plus
à cœur que de les obliger. Ses pro-
meſſes multipliées l'empêchent de
s'entendre lui-même.

X X I I.

UNE femme fait entendre à ſon
mari qu'elle lui eſt fidelle. Ses voi-
ſins pourroient lui faire entendre ,
qu'il eſt dans l'erreur.

X X I I I.

Un homme de Lettres fait entendre, aux gens qui l'écoutent, qu'il décide sainement sur toutes chofes. Nos Auteurs confultés lui font entendre, que fes décifions font toujours éloignées du vrai.

X X I V.

Un petit maître qui s'érige en efprit fort, fait entendre qu'il ne craint rien, que fon efprit eft tranquille fur l'avenir. Un leger accès de fiévre lui fait entendre, qu'il s'eft abufé.

X X V.

Un de ces braves de profeffion fait entendre, qu'il égale en valeur les *Alexandre* & les *Céfar*.

L'ombre feule des mouftaches d'un Grenadier le fait pâflir.

X X V I.

ON parle beaucoup aujourd'hui, on difcute tout , on dit des mots: chacun croit raifonner. A la fin d'une converfation fort longue , on eft convaincu que l'on n'a entendu qu'ergoïfer.

X X V I I.

UN Chimifte , dans fes cours publics , cherche à faire entendre fes démonftrations ; chacun l'écoute, perfonne ne l'entend.

X X V I I I.

DEUX hommes qui fe difent amis caufent familièrement. Un mot échappé qui n'eft point enten-

du excite une querelle. Ils fe brouil-
lent faute de s'entendre.

X X I X.

Un Scélerat fait entendre qu'il
eft honnête homme. Ses actions
font entendre qu'il n'a jamais con-
nu la probité.

X X X.

Quelqu'un veut perfuader qu'il
a de l'efprit , à chaque mot il cite
fes Auteurs. Ses citations font entendre qu'il n'a que de la mémoire.

X X X I.

Un Sculpteur fait entendre au
public, qu'il a fait de grandes chofes. Ses ouvrages mis au jour , font
entendre qu'il péche dans l'exécu-
tion, faute d'avoir le feu de l'imagi-

nation si nécessaire aux Artistes.

XXXII.

Un menteur fait entendre qu'il est l'ami de la vérité. Ses discours font entendre qu'il est son plus cruel ennemi.

XXXIII.

Un Auteur fait entendre qu'il ne veut point de cabale pour soûtenir son ouvrage. Cent billets répandus dans le parterre, font entendre des applaudissemens vendus.

XXXIV.

Un homme a la manie des vers. Il en fait, les montre à un chacun. Ses amis lui font entendre qu'il a tort. Il continue pour leur faire entendre qu'il veut avoir tort.

X X X V.

UN Voiageur, de ces gens qui s'étonnent de tout ce qui n'eſt point de leur patrie, fait entendre qu'il a vû mille choſes ſurprenantes chez l'étranger, que tout ce qui eſt hors de ſon pays ſurpaſſe ce que nous avons de plus curieux. Les beautés dont nous ſommes les propriétaires, lui font entendre, qu'il doit être mis au rang des gens qui ne jugent des choſes que ſur l'écorce.

X X X V I.

Un Chanteur Italien, ſe fait entendre à l'oreille. Le Chanteur François, ſe fait entendre au cœur.

XXXVII.

XXXVII.

DEUX Actrices acquierent la même célébrité. L'une eft parvenue à fe faire entendre en employant l'art. L'autre fe fait toujours entendre avec un nouveau plaifir , en fuivant la nature.

XXXVIII.

UN homme fait entendre qu'il eft furchargé d'affaires. On le guette , on le furprend chez-lui fuccombant fous le poids de l'ennui , ou paffant les jours entiers à méditer la gazette.

XXXIX.

UN Littérateur antiquaire fait entendre, qu'il confume fon bien & fa fanté au travail pénible de

C

ſes récherches. Trois Mercenaires qu'il tient dans ſon grenier à vingt ſols par jour, font entendre qu'il en impoſe au public.

X L.

UNE Coquette ſurannée fait entendre, qu'elle ne s'enferme des journées entières avec un jeune Chevalier, que pour le former à la vertu. Elle fait ſonner fort haut cette entrepriſe. Elle ſe flatte publiquement de réuſſir. Ses agaceries perpétuelles & indécentes, font entendre qu'elle lui fraie une route trop aiſée du vice.

X L I.

UN Poëte annonce une production de ſon génie. Chacun s'empreſſe de la voir. On l'entend. On la revoit même avec plaisir. Des ouvrages postérieurs, & en grand nombre, font entendre qu'il n'a eu d'autre peine que de copier le premier.

XLII.

UN affamé de réputation littéraire, fait entendre, combien il s'est donné de soins pour l'édition d'un livre. Il s'efforce de persuader, que le Public lui doit des remercimens, & la Cour des recompenses. Mais le Public choqué, lui fait entendre que c'est un plat métier que celui d'éditeur.

XLIII.

UN Auteur fait entendre, que dans tous les ouvrages on ne doit suivre que le goût du temps. Ses

C ij

Livres qui reſtent pour le compté de ſon Libraire, lui font entendre, qu'il n'eſt que les gens de métier, qui faſſent fortune par les modes.

X L I V.

UN Docteur fait entendre, qu'il donne tous ſes momens à l'étude d'Hipocrate & de Galien. Des couplets amoureux, des élegies, un poëme commencé, des parodies qui ont eu du ſuccès, le canevas de pluſieurs opéra comiques repandu c'à & là dans ſon cabinet, font entendre, que ſes ordonnances devroient être en vaudevilles.

X L V.

UN Avare fait entendre à ſes Héritiers, qu'il eſt pauvre, qu'il n'a pas même le néceſſaire. A force de répeter qu'il n'a rien , il vient à bout de fe le perfuader. Il meurt. Des tréfors immenfes font entendre agréablement à fes Collatéraux , que le pauvre Orgon en voulant les tromper s'étoit dupé lui-même,

X L V I.

UN Carroffe fe fait entendre. C'eft un Publicain qui s'annonce avec fracas. Il hauffe le ton fur l'efcalier. On ne l'entend plus dans l'antichambre ; un des gens de livrée l'a reconnu pour fon frere. Il rougit , garde le filence , perd fon effronterie , & fort avec précipitation.

X L V I I.

IL eft des gens qui n'ont pour

tout mérite , qu'une mémoire heureuse, & des poulmons intacts. La plûpart sans mœurs, contrarient par goût, n'adoptent aucun sentiment , souvent combattent leur propre opinion , & ne sont jamais vainqueurs de leur adversaire dans la dispute que par la force d'une voix clapissante, qu'il pourroit affermer aux gens, à qui la poitrine ne permet point de pareils combats.

X L V I I I.

UN Vieillard amoureux fait entendre à une jolie femme, qu'il est encore capable de mille petits soins. Un sourire dédaigneux, fait entendre au Barbon , qu'il est temps de battre la retraite.

XLIX.

NOUS voyons tous les jours dans le monde des gens , qui par un esprit souple & rampant , de baffes & fades complaifances , font parvenus à un dégré de fortune éminente. Le même efprit le leur conferve ; ils fçavent fe prêter à tout. Ils font tout à la fois dévots & impies, fages ou extravagants, voluptueux & libertins , fcélerats ou hommes de bien. Toutes les routes qui peuvent les conduire à conferver ou accroître leurs richeffes leur font également bonnes. Ces gens là, rendus à eux-mêmes , s'applaudiffent de leurs vices , en font leurs Dieux, & les érigent en vertus. Peu leur importe , que le public attentif à leurs démarches, les

apprécie à leur jufte valeur. La
duplicité leur plaît, elle fait leur
bonheur, elle les a conduits au but
qu'ils s'étoient propofé.

L.

IL eft auffi d'autres gens pour
lefquels l'hipocrifie eft le bien le
plus prétieux, elle voile leurs vices
& les fait paffer pour faints. Il
en eft parmi ces dévots qui ne
doivent leur extérieur religieux,
qu'à la haine qu'ils ont pour leurs
femmes. Des parens dérangent une
inclination qu'un jeune cœur a
formée, leur avare fageffe lui offre
un établiffement fouvent plus bril-
lant, toujours moins folide, fon
timide refpect le force à donner
fon confentement. Comment pouvoir éviter les embraffemens que
l'Hymen

l'Hymen autorife ? Il fe fait dévot. Pour la plûpart des gens c'eft un métier. Dès ce moment l'Hipocrite fe voit canonifé. Il a foin chaque année de diftribuer publiquement des aumônes abondantes qui lui acquièrent un nouveau grade de fainteté parmi le peuple, qu'il a pour ainfi dire aveuglé, & prefque toujours le même homme refufera un leger fecours à de pauvres parens qui ne feront que vertueux ; ils gémiront de fa dureté, n'oferont s'en plaindre, ils tomberont dans la mifere la plus affreufe. Ce prétendu faint le fçaura. Peu lui importe, il jouira de fa réputation. Son ambition eft fatisfaite.

L I.

un homme d'affaire entend tout.

D

jours mieux ſes intérêts , que ceux
de celui qui lui a confié ſa fortune.

L I I.

COMBIEN de gens ne doivent
leur fortune qu'à un mal entendu.

L I I I.

CHACUN fait entendre qu'il mé-
priſe les *ridicules*. Chacun aime les
ſiens par habitude , ou parce qu'ils
ont leur utilité.

L I V.

UNE de ces femmes , pour qui
l'intrigue eſt un produit aſſeuré ,
fait entendre aux gens chez leſ-
quels ſon adreſſe l'a *faufilée*, qu'elle
a l'oreille des Miniſtres. Ils paſſent
ſans prendre garde à elle , ou la
reçoivent en inconnue. Un tel éve-

nement ne devroit-il pas la couvrir de honte , si des femmes de cette espèce pouvoient rougir.

L V.

un de ces gens, qui ne doivent leur nom qu'aux vexations de leurs Ancêtres , fait entendre qu'il sort d'une maison illustre, cite à tous propos ses armes, ses alliances. Il tient aux familles les plus anciennes. Dans l'énumération qu'il fait de ses biens , de ses qualités , il oublie avec soin un vieux pourpoint de livrée que son pere conservoit comme un titre d'autant plus prétieux , qu'il l'avoit porté & lui devoit sa fortune.

L V I.

une femme chez laquelle les
D ij

cartes tiennent lieu d'esprit , pro-
pose de jouer à un vieux Mili-
taire , homme respectable à tous
égards , qui lui fait entendre par
un refus poli , qu'il ignore cet art
dangereux. Aussitôt cette femme
en fureur s'écrie , eh ! bon Dieu !
à quoi peut-on être bon , lorsqu'on
ne sçait pas jouer ? *A beaucoup*
de choses , répond l'Officier , *en-*
tr'autres , à connoître assez votre
maison pour n'y jamais revenir.

L V I I.

UN Particulier fait entendre ,
qu'il n'a établi un théatre que pour
former des sujets. Le choix qu'il
fait de ces femmes dont on n'ose
parler en bonne compagnie , & de
jeunes gens riches , prodigues , &
dont la tête n'est pas encore bien

réglée , fait entendre , que son théatre est le trébuchet des dupes & l'école des plaisirs.

L V I I I.

LICIDAS fait entendre qu'il est Gentilhomme. Il le dit. Il fait bien. Sa mauvaise mine , ses actions , & la *crapule* ignoble dans laquelle il se plonge , feroient entendre qu'il n'en est rien , si ses discours n'étoient appuiés d'un arbre généalogique capable de prouver dans un chapitre d'Allemagne.

L I X.

UN Chevalier d'industrie prend Equipage, un Hôtel, une livrée magnifique, un Suisse, un titre. Il fait entendre à un Marchand,

qu'il faut meubler fon Hôtel, &
veſtir ſes gens ; on lui vend au
poids de l'or, il accepte les prix,
les conditions, tout lui eſt également bon. Le Marchand ſe félicite d'une telle affaire , il calcule
déja l'accroiſſement de ſa fortune.
L'évaſion ſubite du filou , fait entendre au Négociant qu'il eſt pris
pour dupe.

L X.

un de ces gens , qui ignorent
juſques à leur naiſſance , ſe voit
tout-à-coup élevé au rang de Mar-
guillier. Une place dans l'œuvre,
un petit manteau , un rabat , le
font figurer à côté de ſon Curé.
Un Suiſſe , deux Bedauts , mar-
chent devant lui lorſqu'il va à l'of-
frande ; il entend crier place , ran-

gez-vous , il voit la populace s'é-
carter : dès-lors il croit être quelque chofe. Débarraffé de fon har-
nois , fes comptes rendus , il rentre
dans le néant , & n'a de refte de
tant d'éclat , que la fumée de l'en-
cens dont fes habits font imbibés ,
quelque, taches de cire, & fouvent
une indigeftion de Pain béni.

L X I.

UNE femme fait entendre à fon
mari , qu'elle ne reçoit auffi fami-
lierement les gens qui abondent
de toutes parts chez lui , que pour
l'utilité de fon commerce. Le vuide
de fa caiffe , des Créanciers qui le
preffent , fon crédit ruiné , fes effets
diffipés , lui font entendre qu'il a
toujours été trop crédule.

LXII.

UN homme fait gloire de n'avoir aucun ami dans le monde. Il
ſe fait un point d'honneur de mé-
priſer l'eſpece humaine. Son hu-
meur cauſtique, atrabilaire & ſon
impudence, devroit lui faire entendre, que les honnêtes gens ſe
font gloire eux-mêmes de l'avoir
pour ennemi.

LXIII.

UN Important fait entendre,
que ſa protection n'eſt point à né-
gliger, lorſqu'il a beſoin lui-même
du crédit de ſes Protecteurs pour
conſerver ſa liberté.

LXIV.

UN de ces gens que le hazard
a placé

a placé dans un pofte lucratif,
n'a pû le conferver. Ses hauteurs
toujours mal placées , les arro-
gances de fa femme , étourdie de
fon bien être , & de n'être plus,
où Margot , ou Fanchon , l'en ont
fait chaffer avec ignominie. Dans
la mifére , cet homme abattu fe
plaint, il fait entendre qu'il eft le
mortel le plus infortuné, fa femme
fait chorus , chacun applaudit avec
une efpèce de joie à fon malheur.

L X V.

UN Bibliomane achete des livres.
Il préfére la quantité à la qualité.
Il ne les veut qu'à un prix mé-
diocre ; il eft fur-tout amateur des
In folio. Il eft peu jaloux du titre.
La matière dont ils traitent lui eft
tout-à-fait indifférente. Il s'attache

E

à la couverture dont il eſt fort curieux, auſſi cet homme a-t-il fait
la fortune de ſon Relieur.

L X V I.

UN jeune Cavalier fait entendre
par ſes diſcours & ſes actions qu'il
n'a point de religion ; il en eſt tout
vain, il ſe fait même une affaire
eſſentielle de l'afficher. Il voudroit
pouvoir faire des proſélites. Le mé-
pris des honnêtes gens lui fait entendre, que ce n'eſt point par une
pareille déclamation que l'on peut
obtenir l'eſtime publique.

L X V I I.

UNE jeune fille riche, aimable,
vit avec éclat dans le monde. Son
Hôtel eſt l'école du bon ton. L'aſ-
ſemblée y eſt toujours brillante, on

y voit fans ceffe l'élire de tous les
états. Chacun cherche à prévenir
fon goût. Elle n'a point le temps
de s'ennuier. Les amufemens fe
fuccedent avec une vivacité éton-
nante ; c'eft un tourbillon de plai-
firs toujours nouveaux , toujours
plus piquans, parce qu'ils font plus
variés, qui l'entraîne : elle cede au
torrent, elle n'a point le temps
de réfléchir. Sa beauté s'éclipfe,
fes adorateurs difparoiffent , fes
biens font abforbés , fa réputation
eft flétrie. Le paffé lui fait entendre, que l'illufion a duré trop
long-temps, & s'eft trop tard dif-
fipée.

LXVIII.

UNE Coquette amufe plufieurs
Amans, elle fait entendre à chacun

en particulier, qu'il eſt le préféré.
Un indiſcret flatté de ſa conquête,
confie ſon bonheur à ſes Rivaux
étonnés ; ils s'avouent qu'ils ont
tous la même confidence à ſe faire,
jurent d'abandonner un cœur qu'ils
eſtimoient aſſez pour être jaloux
de le poſſeder, réaliſent leur ſer-
ment. Cette retraite fait entendre
à cette femme, qu'elle n'a plus de
reſſource que de ſe précipiter dans
un Couvent.

L X I X.

UNE de ces femmes à qui la
beauté ou bien plutôt le caprice
des hommes, tiennent lieu de
rang & de naiſſance, fait entendre,
qu'elle ne connoît d'autre volupté
que le plaiſir enchanteur de rui-
ner ſes Amans. Trois d'entre eux,

quoique millionaires, entièrement *coulés à fonds* , font entendre , que le fuccès a paffé fon attente.

L X X.

UN de ces Etres, qui parcourent toutes les Bibliotheques publiques, attentivement occupé fur un livre, ofe à peine lever les yeux ; il écrit avec une célérité furprenante. A le voir, on croiroit qu'il cherche à dérober les penfées les plus fublimes des différens Auteurs. On approche avec précaution ; & l'on eft bien étonné de le voir commenter avec tant de précaution un Almanach royal , ou les fecrets du grand Albert.

L X X I.

UN Souffleur fait entendre à fes

Créanciers, que dans peu ſes ri-
cheſſes ſurpaſſeront celles des plus
fameux Potentats. Il emprunte ſur
de nouveaux frais. Encore un moment & le voilà poſſeſſeur de la
poudre prétieuſe ſource de tous
métaux. Un matras trop chauffé
éclate, la liqueur ſe répand, &
ſes eſpérances s'évanouiſſent. Il
recommence avec plus d'ardeur,
il cherche de nouveaux ſecours,
mais on lui fait entendre, qu'on
ne veut plus être ſa dupe.

LXXII.

UN malheureux rentré chez-lui
rêvant à ſa miſére, entaſſe chimère
ſur chimère, forme des projets de
fortune, s'endort plein de ces idées;
il voit en ſonge des Pages, un gou-
vernement, des tréſors; une auto-

rité prefque égale à celle des Souverains ; fon cœur ne fe plaît qu'à répandre des largeffes , à multiplier fes bienfaits. Que fon reveil eft cruel, s'il eft ambitieux ! s'il ne l'eft point, qu'il eft heureux ! il a vraiement joui pendant fon fommeil.

L X X I Î I.

LECTEUR , entendons-nous. Ne cherche point à me connoître. Je ne veux point l'être. J'ai voulu feulement te faire entendre , que les hommes pouvoient être auffi vitieux que je les ai peints ; c'eft à toi à me faire entendre qu'il en eft de plus vertueux.